Mira Valentin

Die Chronik von
Enyador

DIE CHRONIK VON
ENYADOR

*Niedergeschrieben von Beltain dem
Mächtigen, Herrscher über die Sturmberge
und Hexenmeister des ersten Zeitalters*

MIRA VALENTIN

Bibliografische Information der Deutschen Nationalbibliothek: Die Deutsche Nationalbibliothek verzeichnet diese Publikation in der Deutschen Nationalbibliografie; detaillierte bibliografische Daten sind im Internet über www.dnb.de abrufbar.

© 2018 Mira Valentin
Illustrationen: Lucy-Mae Tatzel
Lektorat und Korrektorat: Katharina Areti Dargel
Satz und Layout: Kim Leopold
Cover: Alexander Kopainski
Herstellung und Verlag: BoD – Books on Demand, Norderstedt
ISBN: 978-3-74604-449-1

www.mira-valentin.de

FÜR ALLE, DIE DAVON TRÄUMEN, AUF
DRACHEN ZU FLIEGEN.

Tumyah ⊗

Sümpfe ohne Wiederkehr

Oostplantage

Iblis

Tregandir ⊗

Iblis

⊗ Narnuck

Angor ⊗
Favia

Os'Zentrya ⊗

Averr

HAUS

Freyerswalde ⊗

DORNSTR

Sommerinsel

Dornstrangkap der Angst ⊗

HAUS
SKYR

Skyr

Gallin ⊗

Sturmberge

⊗ Vango

Spiegelsee

HAUS
ERRON

Königs-
⊗
hain

⊗ Elabar

HAUS
VANGO

stein

Seewacht
⊗

G

N

W — O

S

Erstes Zeitalter

Das erste Zeitalter wird auch Zeitalter der vier Könige genannt. Damals herrschte Hendryk von Dornstrang über das südliche Enyador. Rhiannon von Averron befehligte den Westen, Tjark von Vango den Osten und Ramiro von Skyr den Norden. Bereits mehrfach hatten ihre Häuser in den vergangenen Jahrzehnten Krieg gegeneinander geführt, doch keiner konnte die anderen endgültig unterjochen. Bündnisse wurden geschlossen und wieder gebrochen. Verrat und Brudermord waren an der Tagesordnung. Das Ziel, ganz Enyador zu beherrschen, stand für die vier Könige an oberster Stelle. Dafür waren sie bereit, ihre Völker zu knechten, sie zum Frondienst zu zwingen, hungern und leiden zu lassen. Immer höhere Steuergelder waren nötig, um die Heere und Söldner zu bezahlen, die sie führten. Selbst Bauern und ihre Kinder wurden vom Pflug geholt und den Armeen der Menschenkönige zugeführt. Eines dieser Kinder war der Knabe Beltain aus der kleinen Ortschaft Tumyah im Nordwesten des Landes. Er kämpfte für Ramiro von Skyr gegen das Haus von Vango und ging aus einer zermürbenden Schlacht am Fuße der nördlichen Sturmberge als einer der wenigen Überlebenden hervor. Entkräftet schleppte er sich in das Gebirge, wo er

Zuflucht in einer Höhle fand. Auf der Suche nach Feuerholz entdeckte er in einem abgelegenen Seitenstollen einen Edelstein von besonderer Farbe. In dem Moment, als er ihn an sich nahm, glomm dieser auf und Beltain verlor das Bewusstsein. Erst nach mehreren Tagen kam er wieder zu sich, auf dem Boden der Höhle liegend, den Edelstein noch immer fest umklammert. Die Kraft aus dessen Innerem hatte ihn durchdrungen, sich gleichermaßen mit ihm vereinigt und ihm unmenschliche Energie verliehen. Er erhob sich als der erste Hexenmeister seiner Zeit und ward fortan unter dem Namen *Beltain der Mächtige* bekannt.

Die Königshäuser

DORNSTRANG

12

Haus von Dornstrang

WAHLSPRUCH
Auf ewig ungebrochen.

WAPPEN
Zwei sich überschneidende Kreise, auch bekannt als der „Doppelring"

HERRSCHER
Hendryk von Dornstrang, Sohn des Willem von Dornstrang und seiner Frau Sofia, verheiratet mit Lana von Seewacht. Einziger Sohn: Eliyah von Dornstrang

SITZ
Burg Dornstrang im Südwesten des Herrschaftsgebiets

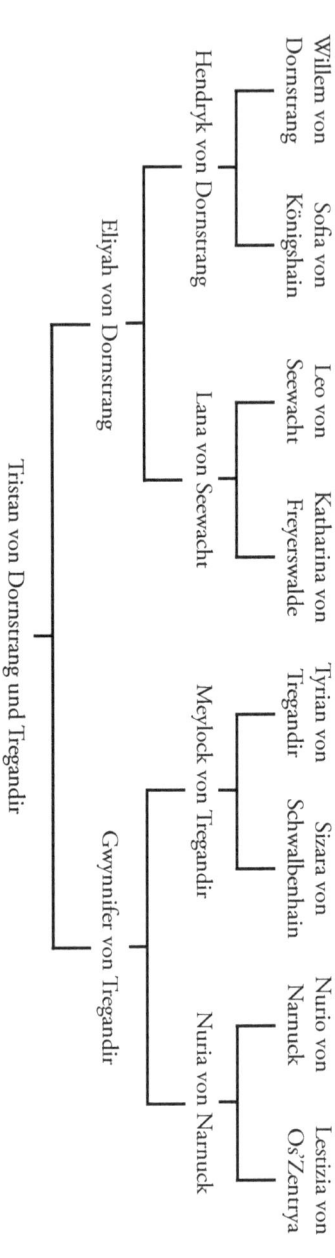

Willem von Dornstrang

Sofia von Königshain

Hendryk von Dornstrang

Leo von Seewacht

Katharina von Freyerswalde

Lana von Seewacht

Eliyah von Dornstrang

Tyrian von Tregandir

Sizara von Schwalbenhain

Meylock von Tregandir

Nurio von Narnuck

Lestizia von Os'Zentrya

Nuria von Narnuck

Gwynnifer von Tregandir

Tristan von Dornstrang und Tregandir

14

Das Haus von Dornstrang regierte über den Süden Enyadors, ein äußerst fruchtbares Gebiet mit viel Ackerbau und Viehzucht. Außer dem Herrschaftssitz Dornstrang selbst gab es dort noch Königshain als Stadt von herausragender Bedeutung, sowie die Hafenstadt Seewacht und Freyerswalde, welches vor allem durch seine großen Schafherden Ansehen erlangte. Fronstein, eine größere Siedlung in der Landesmitte, trieb den Handel zwischen den vier großen Städten voran und diente als Waren-Umschlagsplatz. Königshain, das nahe der Grenzen zu den Königreichen von Vango und Averron lag, florierte in Friedenszeiten und war in Kriegszeiten hart umkämpft. Daher wandelte die Stadt sich gegen Ende des ersten Zeitalters von einer Händlerstadt zu einem Armeestützpunkt.

Die Herrscher des Hauses Dornstrang waren seit jeher als triebhaft und unbesonnen bekannt, machten jedoch auch durch ihren Mut und ihre Entschlossenheit von sich reden. Sie waren zumeist von muskulöser Statur, hatten dunkles oder rötliches Haar und führten anderthalbhändige Schwerter als Waffen ihrer Wahl. Eine ihrer größten Schwächen war ihre starke Zuneigung zum weiblichen Geschlecht, was auch im Wappen des Hauses – den zwei sich überschneidenden Ringen, sinnbildlich für die Vereinigung zwischen Mann und Frau – zum Ausdruck kommt. Tatsächlich sind einige Legenden über die männliche Herrschaftslinie von Dornstrang bekannt, in denen Könige durch weiblichen Verrat fielen oder im Bett ihrer Gespielinnen ermordet wurden. Zahlreiche Bastarde entstammten dieser Linie.

AVERRON

16

Haus von Averron

WAHLSPRUCH
Blühe, wachse, staune.

WAPPEN
Goldene Rose auf grünem Grund

HERRSCHER
Rhiannon „der Treue" von Averron, Sohn des Durim von Averron und seiner Frau Kathrein, verheiratet mit Namara von Angor Favia. Nachkommen: Lavati „der Wilde" von Averron, Bastian „der Selbstlose" von Averron, Tarek „der Barmherzige" von Averron, sowie Anna und Berblin von Averron

SITZ
Burg Averron, gelegen am Rande des Feengebirges in der Mitte des Herrschaftsgebiets

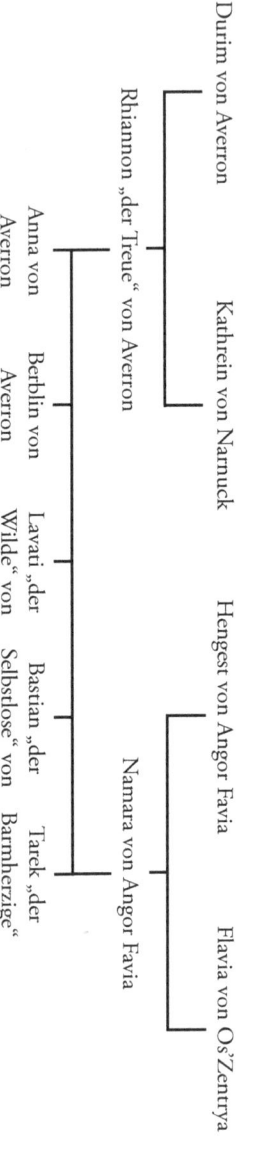

Das Haus von Averron regierte über den Westen Enyadors, der sich vor allem durch Flusslande und Gebirge auszeichnete. Hier gab es wenig Weideland, doch Fischfang und Jagd ernährten die Menschen in großer Fülle. Burg Averron war ein fast uneinnehmbares Bollwerk, zu großen Teilen in den Fuß eines Berges hinein gehauen und dennoch von strahlender Anmut, umgeben von einem Wall aus Tausenden von Rosenbüschen, die angreifende Feinde mit ihren Dornen quälten. Seit jeher rankten sich zahlreiche Mythen und Legenden um die Burg. Die Feen, welche dem Gebirge seinen Namen gegeben hatten, sollen zu Anbeginn der Zeit einen Pakt mit den menschlichen Herrschern geschlossen haben. Dieser besagte, keine Fee dürfe einem Mitglied des Königshauses ein Leid antun. Dafür verpflichtete sich das Haus von Averron, alle hundert Jahre einen ihrer Nachkommen an die Feen auszuliefern.

Weitere Städte von Bedeutung waren Tregandir, Narnuck, Os'Zentrya und Angor Favia, Letzteres gelegen auf der Sommerinsel. Tregandir diente als Wachturm des Nordens und kontrollierte mit seinen Armeen die bedrohlichen Sümpfe ohne Wiederkehr, welche in Kriegszeiten vom Haus Skyr als Möglichkeit zur Überschreitung der Grenze genutzt wurden. In der Bergwerksstadt Narnuck wurde Eisenerz abgebaut, um Waffen und Arbeitsgeräte zu schmieden. Os'Zentrya diente als Hafen und Umschlagplatz für Fische sowie Waren von der Sommerinsel, auf der die Herren von Angor Favia die edelsten Pferde Enyadors züchteten.

Die Herrscher des Hauses Averron zeichneten sich vor allem durch ihren Scharfsinn und ihre Tiefgründigkeit, ja manchmal auch durch ihre Schwermut aus. Sie waren ihren Ehepartnern treu ergeben, brachten zahlreiche Bildhauer und Barden hervor. Zu Bettlern und Waisen waren sie gütig, Steuergelder wurden oftmals verwendet, um Arme zu speisen oder einzukleiden. Zwar strebte auch Rhiannon von Averron nach der Macht über ganz Enyador, doch es ist überliefert, dass er dies zum Wohle der Menschen tun wollte und seinen Krieg als von den Göttern erwünscht bezeichnete.

Die männlichen Nachkommen dieser Linie hatten zumeist helles Haar und helle Haut. Sie jagten in den Bergen mit Pfeil und Bogen. Auch in ihren Armeen waren Bogenschützen seit jeher das entscheidende Glied.

SKYR

22

Haus von Skyr

WAHLSPRUCH
Wir glänzen.

WAPPEN
Spiegel

HERRSCHER
Ramiro von Skyr, Sohn des Gaifar von Skyr und seiner Frau Murana, verheiratet mit Erin von Tumyah. Nachkommen: Dahiro von Skyr, Gemli von Skyr und deren Schwester Jorin

SITZ
Schloss Skyr im unteren Norden des Herrschaftsgebiets

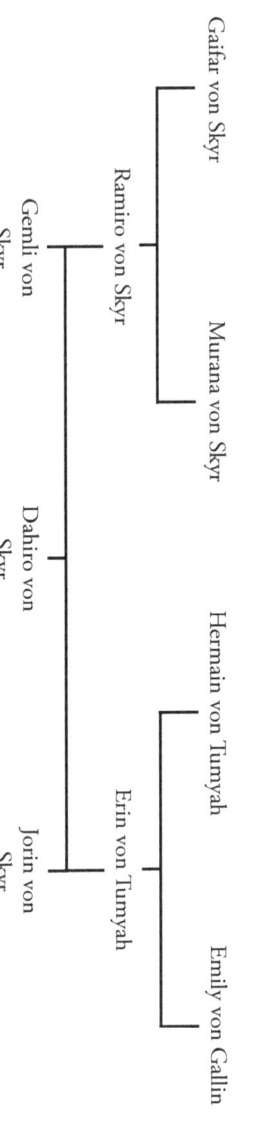

Gaifar von Skyr

Ramiro von Skyr

Murana von Skyr

Gemli von
Skyr

Dahiro von
Skyr

Hermain von Tumyah

Erin von Tumyah

Jorin von
Skyr

Emily von Gallin

24

Das Haus von Skyr herrschte über den Norden Enyadors, ein unwirtliches Gebiet, das in weiten Teilen von karger Steppe und in seinen Höhenlagen von den schneebedeckten Sturmbergen regiert wurde. Die Menschen aus dem Norden jedoch waren an das raue Klima und die Kälte gewöhnt. Sie lebten vorwiegend in kleinen Siedlungen und Dörfern, teilweise als Nomaden. Mit Speeren und Pfeilen machten sie Jagd auf kleine Steppentiere und die Fische des Flusses Iblis, in den Bergen auch auf Ziegen und Vögel. Getreide allerdings gedieh kaum in ihrem Land; nur an den nördlichen Ausläufern des Flusses, bedingt durch einen warmen Meeresstrom, erstreckten sich einige Obstplantagen. Das Kristallschloss Skyr lag genau mittig zwischen den Plantagen und den Sturmbergen. Es wurde erbaut von Timbald „dem Kühlen" von Skyr, der vor vielen Jahrhunderten riesige Kristallquader in den Bergen abbauen und durch Sklavenarbeiter zum Herrschaftssitz transportieren ließ, um dort ein Schloss zu erbauen, das durch seine Schönheit und seinen Glanz der Linie der Herren von Skyr gerecht wurde. Im Inneren des Palastes waren Tausende von Spiegeln in das kristallene Mauerwerk eingearbeitet.

Die Herrscher des Hauses Skyr waren groß und schön, von athletischer Figur und unübertroffener Anmut. Ihr Haar war in der Regel schwarz, ihre Augen von strahlendem Blau. Während die hohen Herren des Landes sich gern in den Spiegeln des Kristallschlosses betrachteten, blickte das gemeine Volk stattdessen in das Wasser des Spiegelsees, der dadurch seinen Namen bekam. Für die anderen Völker Enyadors wurde dieser See somit zum Sinnbild für die Schönheit derer von Skyr.

VANGO

26

Haus von Vango

WAHLSPRUCH
Standhaft im Sturm.

WAPPEN
Feuer und Eis

HERRSCHER
Tjark von Vango, Sohn des Brutus von Vango und seiner Frau Lasina, verheiratet mit Abigail von Vango. Nachkommen: Opal von Vango, Orwen von Vango und deren Schwester Rubina

SITZ
Bergstadt Vango im Herzen des Herrschaftsgebiets

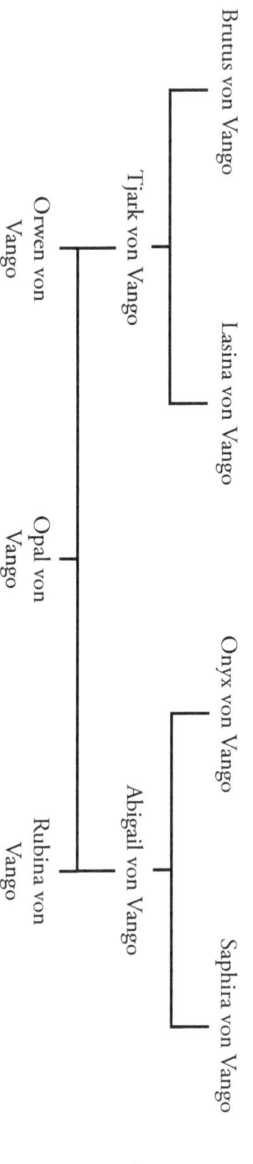

Brutus von Vango

Tjark von Vango

Lasina von Vango

Orwen von Vango

Opal von Vango

Onyx von Vango

Abigail von Vango

Rubina von Vango

Saphira von Vango

28

Das Haus von Vango regierte über den Osten Enyadors. Dieses Gebiet bestand ausschließlich aus Gebirge. Doch während die Sturmberge im Norden von Schnee und Eis überzogen waren, hatten die Bewohner des südlichen Herrschaftsgebiets immer wieder mit ausbrechenden Vulkanen zu kämpfen. Der südliche Teil des Landes war dennoch fruchtbar. In Kriegszeiten, wenn der Handel mit den anderen Königshäusern nicht möglich war, musste Obst und Getreide auf beschwerlichem Weg durchs Gebirge transportiert werden. Schmuggler überschritten deshalb häufig die Grenzen zu den anderen Königreichen, was zahlreiche Enthauptungen und Streitigkeiten nach sich zog. In friedlichen Zeiten handelte Vango mit Kristallen und anderen Edelsteinen aus seinen Bergwerken.

Vango war die einzige große Stadt im Herrschaftsgebiet. Daneben gab es eine erwähnenswerte Siedlung an den Minen von Elabar. Alle weiteren Bewohner lebten verstreut in Dörfern und Einsiedeleien.

Die Herrscher des Hauses Vango gingen durch ihren Stolz und ihre zähe Natur in die Geschichte ein. Sie waren von eher derber, kräftiger Gestalt, vielmals mit rotem Haar und langen Bärten. Ihre bevorzugte Waffe war die Axt. Nicht nur die Männer, auch die Frauen galten als große Krieger und Jäger. Prunk und Luxus war ihnen fremd, selbst der Königspalast von Vango glich eher einer massiven hölzernen Festung. Bräuche und Sitten derer von Vango waren im restlichen Enyador als barbarisch verschrien, dennoch fürchteten die anderen Völker die Herren von Vango für ihre Unerschrockenheit und ihren starken Willen.

Der Fall der vier Könige

Nach Jahrhunderten voller kriegerischer Auseinandersetzungen wurde das Gerücht über einen Hexenmeister hoch oben in den Sturmbergen laut. Diese Kunde fand ihren Weg zu Tjark von Vango, der daraufhin mehrere Späher in den Norden sandte, mit dem Auftrag, den Hexenmeister zu beobachten und, falls möglich, gefangen zu nehmen. Nur einer dieser Kundschafter kehrte lebend zurück und berichtete seinem König von der unermesslichen Stärke und Gewalt, mit der der Hexenmeister Beltain über sie gekommen war. Diesen Umstand wollte Tjark nutzen, um die Vorherrschaft in Enyador an sich zu reißen. Er sandte also seinen ältesten Sohn Opal in die Sturmberge, damit dieser sich von Beltain eine Waffe erbitte, welche die Herren von Vango zum Sieg über die anderen Königreiche führen sollte.

Der Hexenmeister hatte die Völker der Menschen über viele Jahre beobachtet und in seiner Jugend selbst unter deren Grausamkeiten gelitten. So beschloss er, ihrem Streben nach der Herrschaft ein Ende zu bereiten. Stattdessen wollte er selbst über Enyador herrschen, wofür er starke, aber gut lenkbare Untertanen brauchte.

Er erhörte also Opals Bitte und verwandelte ihn in einen feuerspeienden Drachen, einen Gestaltwandler, halb Mensch, halb Bestie. Dafür aber nahm er sich dessen unbeugsamen Willen. Der Wandlungszauber war so stark, dass er sogar auf diejenigen Menschen ausstrahlte, die der Prinz auf seinem Weg nach Hause berührte. Sie alle verwandelten sich ebenfalls in Drachen, zuletzt sein königlicher Vater Tjark. Opal heiratete und zeugte weitere Feuerspeier. Jeder von ihnen konnte seine Gestalt wechseln, doch keiner hatte mehr die ursprüngliche Stärke derer von Vango – ihren unbeugsamen Willen. Dennoch eroberten die Drachen Enyador. Wie ein endloses Inferno aus heißer Glut fegten sie über die Städte und Dörfer derer hinweg, die sich ihnen nicht unterwarfen. Wer sich zur Wehr setzte, verbrannte in ihrem Feuer.

Ramiro von Skyr schickte daraufhin Kundschafter aus und kam hinter das Geheimnis der Drachen. Auch er sandte nun seinen ältesten Sohn Dahiro in die Sturmberge. Dieser war ein besonders schöner Prinz und so verlangte der Hexenmeister nach dessen bezaubernder Erscheinung. Dahiro gab ihm seine Schönheit im Tausch gegen die Fähigkeit, dem Feuer der Drachen zu trotzen und sie allein mit dem Blick seiner grausamen Augen zu besiegen. Kein menschliches Schwert konnte mehr seine Haut durchdringen, doch dafür wurde sein ehemals so strahlendes Antlitz hässlich, sein Körper gedrungen und unförmig. So entstand das Volk der Dämonen und auf seinem Weg zurück in das verspiegelte Kristallschloss seines Vaters erschuf der Prinz des Nordens seine erste Armee. Die Herrschaft der Drachen war nun vorüber. Mit nur wenigen Kämpfen schafften es die Dämonen, einen Großteil der Drachenbevölkerung zu unterwerfen und zu versklaven.

Als Rhiannon von Averron hörte, was geschehen war, sandte auch er seinen Ältesten zu Beltain. Lavati von Averron war aufgrund der Leidenschaft, mit der er all seine Entscheidungen traf, unter dem Beinamen „der Wilde" bekannt. Überdies war er jedoch auch sanft und liebevoll wie alle Herren von Averron. Der Hexenmeister nahm ihm seine Warmherzigkeit und verwandelte ihn in einen kalten Elben. Dafür gab er ihm die Fähigkeit Schwerter zu schmieden, welche die Haut der Dämonen durchdrangen und wie ein kriegerischer Freund seine Hand führten. Die tödlichen Blicke der Dämonen konnten den Elben nichts anhaben. Schon bald unterwarf Lavati die Feinde aus dem Norden und so wurden die Elben für kurze Zeit die Herren von Enyador. Doch gegen das Feuer der Drachen aus dem Osten waren sie machtlos und alsbald entbrannte ein neuer Kampf, der als „Drachenkrieg" in die Geschichte des Landes eingehen sollte und das zweite Zeitalter Enyadors einleitete.

Zuletzt schickte Hendryk von Dornstrang seinen einzigen, nunmehr erwachsenen, Sohn Eliyah in die Sturmberge. Auch dieser reiste mit dem Vorsatz dorthin, sich eine Gabe von Beltain zu erbitten, die ihn zum Sieg über die anderen Völker führen würde. Sobald der Prinz des Südens die Höhle betrat, erkannte der Hexenmeister, dass dieser der Herausragendste der vier Königssöhne war, denn Eliyah vereinte all deren gute Eigenschaften in sich. Sein Wille war stark wie es dem Geschlecht seines Hauses entsprach, sein Antlitz schön und sein Körper von wohlgeformter Gestalt; darüber hinaus hatte er die Fähigkeit, zu lieben und vor Leidenschaft zu brennen – ganz gleich, ob dies die Liebe zu einer Frau betraf oder die Wut, mit der er sich in eine Schlacht stürzte. Zudem war er mit genügend Mut ausgestattet, sich im letzten Moment zu besinnen und mit einem einfachen Schwert gegen seinen unbezwingbaren Gegner aufzubegehren. Beltain erkannte, dass Eliyah das Kronjuwel seiner Macht wäre, würde er es schaffen, ihn zu verführen. Seine Nachkommen würden genau diejenigen Untertanen sein, die Beltain sich wünschte. Es war ihm ein Leichtes, den Prinzen zu entwaffnen. Doch anstatt ihn zu töten, bot er ihm alle Gaben an, die er den anderen drei Königssöhnen verliehen hatte, im Gegenzug gegen seinen Willen, seine Schönheit, seine Leidenschaft und seinen Mut. Aber Eliyah von Dornstrang widerstand dem Angebot. Lieber wollte er sterben. Diese Tapferkeit beeindruckte den Hexenmeister zwar, gleichzeitig stieg jedoch auch Missgunst in ihm hoch, da ein einfacher Mensch sich gegen ihn aufgelehnt hatte. Durch Gefangenschaft und Folter, das erkannte Beltain, würde der Prinz des Südens sich nicht brechen lassen. So ersann er einen Plan, um ihn eines Tages doch noch umzustimmen: Er verlieh ihm zwei Eigenschaften, die bislang nur er selbst innehatte – unsterbliches Leben und Magie. So schickte er ihn zurück nach Dornstrang, mit der Aufgabe, das Menschenreich zu verteidigen. Eines Tages, dachte Beltain, würde der widerspenstige Prinz zu ihm zurückkehren und sein Knie vor ihm beugen. Er selbst würde dafür Sorge tragen, dass dies auch geschah. Denn jener Tag würde sein endgültiger Triumph über die Menschen sein.

Zweites Zeitalter

DER DRACHENKRIEG

Zu Beginn des Drachenkriegs hatten die Dämonen noch nicht alle Drachen unterworfen. Die Elben wollten sich ihrerseits den schwachen Willen der Bestien zu eigen machen. Da ihre Armeen jedoch machtlos gegen deren Feuer waren, wandten sie eine List an und luden König Tjark von Vango zu Friedensverhandlungen ein, die jedoch an einem missglückten Attentatsversuch auf den Drachenkönig scheiterten. Dieser erhob sich daraufhin in seiner Feuergestalt und machte, zusammen mit seiner fliegenden Armee, die Burg von Averron dem Erdboden gleich. Zahlreiche Elben starben an diesem Tag, doch die Überlebenden stürzten sich nun umso hasserfüllter in den Kampf gegen die Drachen. Rhiannon von Averron bildete ein Heer aus elbischen Hauptmännern und Dämonensklaven, unter ihnen der ehemalige Dämonenkönig Ramiro von Skyr und sein Sohn Dahiro, die er gegen die Drachen aussandte. Diese Armee traf auf Höhe von Königshain im Land der Menschen auf ihre Feinde. Der Kampf zog sich

über drei Tage hin und forderte Tausende von Leben. Die Menschen von Königshain verließen ihre Stadt und flohen in Richtung Süden. Schließlich hatten die Drachen alle Elben der angreifenden Armee verbrannt, doch die Dämonen überlebten aufgrund ihrer Resistenz gegen Feuer. Daraufhin erhob sich Ramiro von Skyr erneut und bezwang gemeinsam mit seinen verbliebenen Anhängern die restlichen Drachen. Deren König Tjark von Vango geriet dabei in Gefangenschaft, sein Sohn Opal wurde getötet. In einem letzten Angriff sollten auch der Elbenkönig und seine Anhänger vernichtet werden. Doch auf der Suche nach Rhiannon im Feengebirge stießen die Dämonen auf ein Schloss, das sich auf wundersame Weise über Nacht in einer Schlucht erhoben hatte. Es war filigran anzusehen, hielt aber allen Angriffen von außen stand. Aelfstan, wie es später genannt wurde, war der neue Sitz der Elben, erbaut durch die Feen des Gebirges und umgeben mit einem magischen Schutzwall, den Eliyah von Dornstrang, der Prinz des Südens, mit seiner Magie über die Mauern gelegt hatte. Dafür hatte Rhiannon ein Bündnis mit den Menschen geschlossen und das Versprechen abgelegt, diese für den Rest aller Zeiten unter seinen Schutz zu stellen. Auch alle Könige, die nach ihm kommen würden, sollten sich an dieses Bündnis erinnern.
So endete der Drachenkrieg mit der Unterwerfung der Drachen durch die Dämonen, einem Bündnis zwischen Menschen und Elben und dem Wechsel des elbischen Königshauses von Averron nach Aelfstan.

DER DÄMONENKRIEG

Eliyah von Dornstrang, der Unsterbliche, sprach sich in den darauffolgenden Jahren für ein Bündnis der Elben und Menschen mit den Dämonen aus, was schlussendlich auch zu einer Wiedereingliederung der Drachen mit allen Rechten führen sollte. Gemeinsam mit Rhiannon von Averron lud er die Anführer der Dämonen zu Friedensverhandlungen nach Aelfstan ein. Ramiro von Skyr erschien mit seinen Kriegslords und seinem Gefangenen, dem ehemaligen Drachenkönig Tjark. Zunächst verliefen die Gespräche friedlich. Doch am Abend des zweiten Tages kam es zwischen Eliyah und Ramiro zu einem Streit über die Freilassung der Drachensklaven, in dessen Verlauf Ramiro vor den Augen aller Anwesenden Tjark seinen Speer ins Herz rammte und daraufhin demonstrativ das Schloss verließ. Dieser Akt der Aggression ging unter dem Namen „Drachenstoß" in die Geschichte Enyadors ein.

Als Konsequenz zogen Elben und Menschen daraufhin in den Krieg gegen die Dämonen. Aufgrund der Unterstützung mehrerer menschlicher Hexer erreichte die elbische Armee einen leichten Vorteil gegenüber den Dämonen und den von ihnen unterworfenen Drachen. Dennoch fanden diese immer wieder Möglichkeiten, um ihre Gegner empfindlich zu schwächen. Ganze Schwärme von Drachen wurden geopfert, um die feindlichen Linien in nächtlichen Luftangriffen zu durchbrechen. So kam es zu einem Krieg, der ebenso zermürbend war wie der Krieg der vier Menschenvölker im ersten Zeitalter. Er währte rund 150 Jahre lang, ohne ein Ende zu finden. In dessen Verlauf fiel die nahe Daemonia gelegene Stadt Schwalbenhain den Angriffen zum Opfer. Mehrfach bauten Elbenkönige sie wieder auf, doch die Imperatoren der Dämonen zerstörten sie regelmäßig von Neuem. Schwalbenhain wurde so zum Inbegriff für den Kampf dieser beiden Völker um die Vorherrschaft in Enyador.

DAS EINGREIFEN VON
BELTAIN DEM MÄCHTIGEN

Dem Hexenmeister aus den Sturmbergen missfiel der andauernde Krieg zwischen den vier Völkern ebenso wie das Bündnis zwischen Menschen und Elben. Sein ursprünglicher Plan, Eliyah von Dornstrang zum Kniefall zu zwingen, schien nicht aufzugehen. Erst wenn der letzte Königssohn die Gaben des Hexenmeisters im Tausch gegen seine besten Eigenschaften annahm, würde Beltains Ziel erreicht sein: eine neue Rasse von Menschen zu erschaffen, deren Stärke allen anderen Völkern überlegen war. Als Herr und Meister dieser Rasse wäre Beltain nicht nur der Herrscher über Enyador, sondern gleichsam auch der Herr über alle Länder, die es jenseits des Meeres zu erobern gab.

So setzte der Hexenmeister weiterhin alles daran, Eliyah zu brechen. Als erste Konsequenz versuchte er, Elben und Menschen voneinander zu trennen, um deren Armee zu schwächen. Mit seiner Magie erschuf er den Schattenwald, der den Süden Enyadors vom Rest des Landes abspalten sollte. Die gewaltige Magie, die dabei herniederfuhr, hatte auch die Konsequenz, dass sich die Landzunge mit dem Sitz des Hauses Dornstrang von Enyador abtrennte, was Beltain als ungeplante aber willkommene Nebenwirkung betrachtete und daher nicht mehr rückgängig machte. Die Burg Dornstrang lag somit auf einer Insel, die später zusammen mit der Insel von Angor Favia unter dem Namen „Zwillingsinseln" bekannt wurde. Des Weiteren verschoben sich durch das Entstehen des Schattenwalds die Grenzen

Humanias in Richtung Süden und die ohnehin schon fast verlassene Stadt Königshain ging mitsamt des umgebenden Landes an Albingard.

Den Wald selbst ließ Beltain von Kreaturen bewachen, die er speziell zu diesem Zweck erschaffen hatte. Die mächtigsten davon waren die Wyvern, die Harpyien, die Geisterwölfe und die Irrlichter. Sie verhinderten fortan, dass Elben und Menschen einander aufsuchen konnten. Wer auch immer durch den Schattenwald reiste, wurde von ihnen getötet. Einzig am östlichen Ausläufer des Waldes, der nur wenige Meilen breit war, bestand noch die Möglichkeit, ungesehen hindurch zu kommen. Um zu verhindern, dass Eliyah von Dornstrang, der mittlerweile selbst ein mächtiger Hexenmeister war, den Schattenwald mit seiner Magie zähmte, umgab Beltain diesen mit einem Zauber, der den Durchreisenden jede magische Eigenschaft entzog. Der König der Menschen jedoch fand eine andere Möglichkeit, um den Wald zu bezwingen: Er erschuf acht Schwerter, jedes davon in Salz geschmiedet, ausgestattet mit der magischen Essenz der vier gefährlichsten Schattenwesen und getränkt mit deren Blut. Sie wurden von den Schmiedemeistern aus Narnuck gefertigt – aus Mondstahl und Eisen – und verliehen somit vier elbischen und vier menschlichen Bezwingern die Macht, über die gefährlichen Kreaturen zu herrschen.

Der Fall Eliyahs von Dornstrang

Eliyah von Dornstrang schien also weiterhin unbrechbar zu sein, getreu dem Wahlspruch seines Hauses. Doch zu Beltains Freude brachte er sich schließlich selbst zu Fall. Denn wie alle Herren von Dornstrang war er dem weiblichen Geschlecht sehr zugetan und anfällig für Verführungen jeglicher Art. Während seiner Zeit am Hofe von Aelfstan verliebte er sich in Gwynnifer, die Tochter des Meylock von Tregandir, die jedoch schon mit Berian von Aelfstan, dem Sternenprinzen, verheiratet war. Zur damaligen Zeit entwickelten sich unabhängig voneinander in allen Völkern Enyadors untypische Vertreter ihrer Rassen. So wurde immer wieder die Rede von unbrechbaren Drachen laut, die den Zähmungen der Dämonen widerstanden; ebenso von schönen Dämonen, welche in der Regel bereits im Kindesalter in dem früher als Spiegelsee bekannten Gewässer ertränkt wurden. Ihre Seelen verwehrten sich gegen diesen Tod und strichen nun ruhelos durch die dunklen Tiefen des Sees, welcher dadurch den neuen Namen „Teufelssee" erhielt.

Gwynnifer von Tregandir stellte sich als eine der wenigen Elben heraus, die in der Lage waren, wahre Leidenschaft und Liebe zu empfinden, und sie erwiderte die Gefühle des Eliyah von Dornstrang. So kam es zu einer heimlichen Liebschaft zwischen den beiden, die so lange unerkannt blieb, bis Gwynnifer ein Kind erwartete. Sollte dieses als Elb geboren werden, so käme Berian von Aelfstan als sein Vater in Frage. Sollte es jedoch ein Menschenkind sein, so würde dadurch die Liaison zum König von Dornstrang offenkundig. Gwynnifer gebar in einer stürmischen Winternacht auf Tregandir einen menschlichen Jungen, dem sie den Namen Tristan gab. Um das Neugeborene zu schützen, trug Gwynnifer ihrer Zofe Andalee auf, dieses nach Humania zu bringen und sich dort so lange zu verbergen, bis seine Sicherheit garantiert war. Als Zeichen für seine hohe Geburt hängte Gwynnifer ihrem Kind eine Kette um den Hals. Der Anhänger enthielt einen in Glas gegossenen Löwenzahnsamen in Anlehnung an das Wappen von Tregandir, das einen blühenden Löwenzahn zeigte. Dies sollte Tristans Bedeutung als Erbe der Elbenburg symbolisieren.

Die Kunde von der Geburt erreichte Berian von Aelfstan und Eliyah von Dornstrang zur gleichen Zeit. Berian jedoch gelangte schneller nach Tregandir als Eliyah, der damals von dem Hexer Gawain zu einer Zusammenkunft nach Daemonia gerufen worden war. Der Elbenprinz erblickte das menschliche Kind und wurde von grenzenlosem Hass erfüllt. Unter Folter entlockte er der Hebamme den Namen des Vaters und erstach seine untreue Ehefrau. Ihr Blut fing er in einer Karaffe auf. Denn obgleich Elben und Menschen zur damaligen Zeit ein Bündnis miteinander hatten, so hatte doch jedes der beiden Königshäuser Spione am Hofe des anderen. Auf diese Weise war Berian bereits vor Monaten an das Wissen gelangt, dass liebendes Elbenblut herausragende magische Eigenschaften aufwies. In der Hoffnung damit seinen Rivalen besiegen zu können, nahm er es also an sich, floh aber zunächst in die Sümpfe ohne Wiederkehr. In weiser Voraussicht trank er jedoch das Wasser der Quelle Reodril, ehe er sich in das von Irrlichtern besiedelte Moor begab. Eliyah hingegen war derart außer sich, als er seine tote Geliebte auf Tregandir fand, dass er sich ohne nachzudenken und voller Zorn in die Sumpflandschaft stürzte. Dort verfluchte er Berian aufgrund seiner schändlichen Tat und belegte ihn mit derselben Qual, welche dieser Gwynnifer zugemutet hatte – dem Schmerz eines durchbohrten Herzens. Dieser Zauber entkräftete Eliyah stark. Nur wenige Augenblicke später fanden die Irrlichter ihn und ertränkten ihn in einem Tümpel. Berian nahm seine Leiche an sich, brachte sie in den Kerker von Aelfstan und zog mit Gwynnifers Blut einen magischen Bannkreis um seine Zelle. So gelangte der unsterbliche König der Menschen in die Gefangenschaft der Elben. Sein Volk wurde versklavt und in den Krieg gegen die Dämonen geschickt. Alle bekannten Hexer wurden in einem nächtlichen Überfall der Elben umgebracht, ehe sie die Gelegenheit hatten, die Herausgabe ihres Königs zu fordern. Die Herren der Häuser von Seewacht und Freyerswalde wurden exekutiert und ihre Burgen geschleift. In den weiteren Jahren töteten die Elben zudem jeden neu geborenen Hexer, dem sie habhaft werden konnten.

Tristan von Dornstrang und Tregandir hingegen blieb verschollen. Weder durch Hexenzauber noch durch groß angelegte Suchaktionen konnten die Zofe und das Neugeborene gefunden werden. Auch dieser Umstand ist liebendem Elbenblut zu verdanken. Denn Gwynnifer benetzte die Kette, mit der sie ihren Sohn nach der Geburt markierte, unbewusst mit einem Tropfen ihres eigenen Blutes. Daher blieb das Kind verborgen vor den Blicken seiner Verfolger und geschützt vor schädlicher Magie.

Die Versuche des Berian von Aelfstan an Eliyah von Dornstrang

Aufgrund des Mordes an Gwynnifer schloss König Nimrund seinen Sohn Berian von der Thronfolge aus und degradierte ihn zum Kerkermeister. Dort entwickelte sich der Sternenprinz, der in den vergangenen Jahren nicht als jähzornig oder gar grausam bekannt gewesen war, unter dem anhaltenden Schmerz seines Herzens zum Schänder aller Gefangenen von Aelfstan. Im Besonderen tötete er nun täglich Eliyah von Dornstrang, obgleich er wusste, dass dieser sich nach einer kürzeren oder längeren Zeitspanne immer wieder von den Toten erheben würde. Berians Ziel war, entweder ein Mittel zur endgültigen Tötung Eliyahs zu finden oder dessen Willen zu brechen, damit er den Fluch zurücknahm. Eliyah erwies sich allerdings auch in dieser Situation als sehr widerstandsfähig.

Neben den klassischen Tötungsarten wie Erstechen, Erschießen, Ertränken und Enthaupten wandte Berian auch andere Möglichkeiten an. So verbrannte er Eliyahs Körper, hackte ihn auseinander oder verfütterte ihn an seine Blut-hunde. Doch selbst in diesen Fällen fand er den Unsterbli-chen bereits am folgenden Morgen wieder lebend in seiner Zelle wieder. Nicht einmal die völlige Zerstörung seines Körpers konnte verhindern, dass Eliyah sich nach geraumer Zeit wieder aus dem Nichts erhob. Beltain der Mächtige hatte mit seinem Unsterblichkeitsfluch Vorsorge getragen, dass niemand außer ihm selbst den ehemaligen Prinzen des Südens töten konnte. Dessen Kniefall stand für den Hexen-meister weiterhin über allem anderen.

Im achtzehnten Jahr nach seiner Inhaftierung wurde Eliyah von Dornstrang durch Istariel von Aelfstan, dem Wächter der Elben, aus seinem Verlies befreit.

Zeitalter der Wächter

Der erste Mond im Zeitalter der Wächter begann mit der Befreiung Eliyahs von Dornstrang. Dieser hatte gemäß einer ihm bekannten Prophezeiung zuvor Istariel von Aelfstan mit dem Abbild eines Mondschwertes – sinnbildlich für das Volk der Elben – auf dessen linken Unterarm gezeichnet und ihn so zum Wächter der Elben auserkoren. Gemeinsam mit Istariel und einem menschlichen Bauernmädchen gelang ihm die Flucht aus der Elbenfestung.

Zeitnah wurden an verschiedenen Orten Enyadors drei weitere Wächter gezeichnet: Ein Drache verletzte bei einem Zähmungskampf in den Bergen von Dragonia einen schönen Dämon namens Thul, den Sohn des Amerson von Gallin, Unterlord der Schreckensarmee. Hauptmann Horiel von Tregandir, Neffe von Gwynnifer von Tregandir, brandmarkte den menschlichen Waisenjungen Tristan aus Burksmeade mit dem Zeichen seines Volkes, dem Doppelring von Tregandir, das mittlerweile zum Symbol der Sklaverei verkommen war. Und Tristan selbst versah kurze Zeit später die willensstarke Drachenfrau Saphira mit einem Brandmal in Form einer lodernden Flamme im Gesicht. Diese vier Wächter waren untypische Vertreter ihrer Rasse, denn sie besaßen jene Eigenschaften, die Beltain ihren Vorfahren geraubt hatte: Willenskraft (Drachen), Schönheit (Dämonen) und Liebesfähigkeit (Elben). Zudem hatten sie alle die Fähigkeit der Elben, dem tödlichen Blick der Dämonen zu widerstehen, sowie die Unempfindlichkeit gegen das Feuer der Drachen. Was sie jedoch nicht hatten, waren die Waffen der jeweils anderen Völker. Somit waren sie weder in der Lage, sich in feuerspeiende Drachen zu verwandeln, noch Mondschwerter zu schmieden, noch konnten ihre Blicke Schmerzen oder Tod auslösen.

Auf die Entwicklung der Wächter hatte Beltain keinen Einfluss gehabt. Es wird angenommen, dass die menschliche Natur sich im Laufe der Jahrhunderte durch Beltains Magie hindurch zurück an die Oberfläche kämpfte. Die Entstehung mehrerer Individuen mit der Veranlagung zu Wächtern in den letzten Jahren hatte dies bereits angekündigt, ebenso wie die Zunahme von schwarzäugigen Dämonen, deren Blicke nicht mehr tödlich, sondern lediglich schmerzhaft waren. So beschloss Beltain, die Wächter zu vernichten und seine ursprüngliche Ordnung in Enyador wiederherzustellen. Die größte Herausforderung an diesem Entschluss war, dass der Tod eines jeden Wächters lediglich die Entstehung neuer Wächter zufolge hätte. Tötete man einen, so folgte ihm ein anderer nach. Beltain sann also nach einer neuen Waffe – einer, die stärker war als alle Wächter. Und so schuf er sich einen Gehilfen, gegen den die Wächter nichts ausrichten konnten; ein Wesen, das von einer finsteren Macht beherrscht war, unfähig zu lieben oder Mitleid zu verspüren. Und Dökk Valdur, der dunkle Herrscher mit dem Flammenschwert, zog in den letzten Krieg gegen die vier Völker Enyadors.

Brauchtum und Magie

GRUNDSÄTZE DER MAGIE

M agie schafft Illusionen, entzieht Essenzen und beschleunigt Wachstum oder Rückbildung. So ist es möglich, die Illusion von Kleidung zu erzeugen, unsichtbar zu werden oder ein schützendes Zeltdach aufzuspannen. Diese Illusionen sind in der Regel nicht nur sichtbar, sondern auch greifbar und erfüllen damit völlig ihren Zweck. Ein Seher, dessen Augen durch magische Illusionen dringt, wäre hier jedoch in der Lage, den tatsächlichen Zustand der verzauberten Person oder Sache zu erkennen.

Das Entziehen einer magischen Essenz erfordert einige Erfahrung von einem Hexer. Je mehr Willenskraft ein Lebewesen hat, desto schwerer kann die Essenz ihm geraubt werden. Menschen, Dämonen und Elben müssen sie in der Regel freiwillig geben, beispielsweise bei der Übertragung von Lebensjahren (was als schwarze Magie gewertet wird). Pflanzen hingegen haben keinen eigenen Willen, daher kann ihre Essenz einfach entzogen werden. Bei Drachen und Tieren kommt es auf deren Willenskraft und das Verhältnis des Hexers zu ihnen an. Hier kann es durchaus sein, dass Tiere, die ihrem Herrn sehr zugetan sind, die Essenzen freiwillig geben, während feindlich gesonnene Tiere die Herausgabe verweigern.

Die Beschleunigung von Wachstum wird häufig benutzt, um Nahrung heranreifen zu lassen oder Wunden zu schließen. Eine Rückbildung hingegen findet beispielsweise dann statt, wenn ein Magier Krankheiten heilt. Insgesamt ist der Hexer dazu in der Lage, durch seine unbändige innere Kraft alle willensschwachen oder willenlosen lebendigen Wesen und Strukturen in seinem Umfeld so zu manipulieren, dass sie sich seiner Stärke beugen und sich nach seinen Wünschen verändern. Daher kann er beispielsweise das Wetter beeinflussen und Stahl unter seinen Händen zu Staub zerfallen lassen. Auch Drachen unterwerfen sich ihm durch seine Magie.

Jedem Hexer wohnt jedoch nur eine gewisse Energiemenge inne, nach deren Verbrauch er vorübergehend zu einem normalen Menschen ohne außergewöhnliche Fähigkeiten wird. Die Rückkehr der Magie erfolgt im Laufe der nächsten Stunden, kann aber durch allgemein kräftigende Dinge wie Sonnenschein, Nahrung, Ruhe, körperliche Liebe oder die Hilfe eines anderen Hexers beschleunigt werden. Besitzt der Hexer einen grünen Amethyst aus den Minen von Elabar, so verstärkt dieser seine Kraft um ein Vielfaches.

Solange ein Amethyst in den Minen von Elabar liegt, kann er selbst entscheiden, ob er sich einem Magier anvertraut und als sein Gehilfe mit ihm ziehen möchte. Entscheidet er sich dagegen, stirbt der Magier bereits beim ersten Hautkontakt mit dem Amethyst. Hat der Stein die Minen einmal verlassen, so kann er jedoch von jedem beliebigen Hexer berührt und zu magischen Zwecken eingesetzt werden, ohne dass Lebensgefahr besteht. Falsche Behandlung oder schwache Gedanken bestraft der Stein allerdings durch kleinere oder größere Belehrungsmaßnahmen gegenüber seinem Hexer. Nicht-magische Personen sollten einen Amethyst besser nicht anfassen. Hier besteht immer die Gefahr, dass der Stein sich seinem Träger auf mehr oder minder schmerzhafte Weise widersetzt.

Sollte ein Hexer sich schwarzer Magie bedienen oder ande-re stark verwerfliche Handlungsweisen hervorkehren, dann kann sein Amethyst die Mitarbeit verweigern und sich ihm verschließen. In einem solchen Fall erlischt der Stein so lange, bis der Hexer auf den rechten Weg zurückgefunden hat und den Kristall inständig bittet, ihm seine Freveltaten zu vergeben. Eine andere Möglichkeit, einen erloschenen Amethyst wieder zu erwecken, besteht darin, ihn durch ei-nen roten Amethyst dazu zu zwingen. In Enyador sind nur zwei dieser roten Edelsteine bekannt. Einer davon befindet sich im Besitz von Beltain dem Mächtigen, der andere soll der Legende nach von den Bewohnern des Feengebirges ge-hütet werden. Sein Aufenthaltsort ist nicht bekannt. Es wird vermutet, er sei bei der Erschaffung des Schlosses Aelfstan verwendet worden. Ein roter Amethyst verleiht außerdem Unsterblichkeit und Macht. Seine Überlegenheit gegenüber grünen Amethysten bedingt zwar, dass er diese zwanghaft wiedererwecken und im Kampf besiegen kann, er ist jedoch nicht in der Lage, sie endgültig zu unterwerfen. Auch zum Erlöschen kann er sie nicht bringen.

Magie kann einem Hexer durch bestimmte Zauber auch entzogen werden. Gerade bei sehr jungen und uner-fahrenen Hexern sind entsprechende Fälle dokumentiert. Ist die magische Essenz des Zauberers erst einmal befreit, so ist es jedoch sehr schwer, diese gezielt auf eine andere Person zu übertragen. Starke Magie reißt sich in einem solchen Fall los und fährt stattdessen in denjenigen Menschen in direkter Nähe, der ihr am geeignetsten erscheint. Dies kann entwe-der der ursprüngliche Hexer sein oder derjenige, der versucht hat, diesem seine Magie zu rauben. Ebenso gut kann es aber auch eine völlig unbeteiligte Person treffen, deren Veranla-gungen der Magie als besonders geeignet vorkommen.

Flüche folgen anderen Gesetzen, denn hierbei entsteht gebündelte – meist schwarze – Energie aus dem Nichts. Sie sind mächtiger als übliche Zauber, schwerer auszusprechen und nur unter sehr entbehrungsreichen Voraussetzungen wieder aufzulösen. Das Aussprechen eines Fluchs entzieht einem Hexer vorübergehend all seine Kraft und macht ihn dadurch für mehrere Stunden wehrlos. In manchen Fällen benötigte ein Fluch so viel Energie, dass der Hexer schwere Verletzungen davontrug oder sogar starb. Um einen Fluch wieder zurückzunehmen, muss derjenige, der ihn ausgesprochen hat, die zumeist negativen magischen Essenzen entziehen. Daraufhin können diese auf ein anderes Lebewesen übertragen werden. Sollte die freigesetzte Magie sich dabei jedoch losreißen, so kann es passieren, dass der Fluch den handelnden Magier selbst oder ein unschuldiges Wesen in der Nähe trifft.

Zauber erlöschen niemals mit dem Tod des Hexers, der sie vorgenommen hat. Die einzige Möglichkeit, einen Zauber dann noch aufzulösen, ist die Benutzung eines roten Amethysts.

Bräuche der Menschen

Wahlspruch

Das einstige Motto „Auf ewig ungebrochen" ist seit der Inhaftierung Eliyahs von Dornstrang verboten. Stattdessen wurden den Menschen durch die Elben die Worte „In Ketten darben wir" auferlegt.

Wappen

Doppelring als Zeichen der Sklaverei

Herrscher

keiner

Götter

*Oberste Gottheit ist die Schicksalsgöttin **Tyche.** Mit Blindheit geschlagen webt sie die Lebensteppiche der Menschen. Dabei erkennt sie nicht, ob die Fäden, die sie einwebt, von heller oder dunkler Farbe sind und ob das Leben des betreffenden Menschen dadurch glücklich oder beschwerlich verlaufen wird.*

*Ein weiterer Gott ist **Othar,** der Gott des Krieges und der Jagd, der vor allem vom männlichen Menschengeschlecht verehrt wird. Dabei handelt es sich um eine kämpferische und angriffslustige Gottheit, einen Raufbold, der zu zügellosen Gelagen und Maßlosigkeiten aller Art neigt. Ihm zu Ehren wird mit Met und Wein angestoßen, für deren Entstehung er verantwortlich gemacht wird.*

Meylin ist die Göttin der Schönheit und Fruchtbarkeit. Schwangere Frauen bringen ihr Opfergaben in Form von Schmuck und Edelsteinen dar, um den Segen der Göttin für ihre Kinder zu erbitten. Auch die Entstehung von Liebe und Leidenschaft geht auf die von Meylin verliehenen Reize zurück.

Eskur, der Wettergott, wird für alle Phänomene am Himmel verantwortlich gemacht. Schneestürme und Dürreperioden gehen auf seine Kosten, was auch ihm – vor allem unter der Landbevölkerung – zahlreiche Altäre mit Opfergaben aller Art beschert. Menschliche Priester kennen noch unzählige weitere Gottheiten, deren Aufzählung jedoch nicht von drängender Bedeutung ist.

WICHTIGSTE BRÄUCHE

Hochzeiten erfolgen in einem Tempel durch einen Priester. Nach der Verbindung von Mann und Frau vor dem Angesicht der Götter werden Geschenke dargebracht, um dem Brautpaar die Gunst der Götter zu sichern.

Die Winter- und Sommersonnenwende, als die kürzeste und längste Nacht des Jahres, werden jeweils mit rauschenden Festen begangen. Dabei entzünden die Menschen große Feuer und bringen Opfergaben dar. In früheren Zeiten wurde in diesen Nächten außerdem so manches Fruchtbarkeitsritual abgehalten, was seit dem zweiten Zeitalter und der elbischen Machtübernahme allerdings ausstarb. Auch die Sonnwendfeiern werden seither nur noch vereinzelt gefeiert. Dafür entstand der Brauch der „Zweiten Geburt". Sobald ein erstgeborener Menschenjunge sein einundzwanzigstes Lebensjahr überschritten hatte, ohne von der Elbenarmee als Kriegssklave ausgewählt worden zu sein, schlachtet seine Familie ein Schwein, eine Ziege oder mehrere Hühner und verteilt das Fleisch an die Nachbarn und Bettler. Wohlhabende Familien feiern die Zweite Geburt insgesamt bis zu fünf Mal, alle Jahre wieder vom siebzehnten bis zum einundzwanzigsten Geburtstag ihres Sohnes.

Waffen

Menschen kämpfen vorwiegend mit Schwertern, aber es gibt auch einige ausgezeichnete Bogenschützen unter ihnen. Bauern benutzen zur Verteidigung untereinander Mistgabeln und Schleudern. Die wenigen überlebenden Hexer verwenden Zauber, insbesondere Magiestürme, im Kampf.

Bräuche der Elben

WAHLSPRUCH

Das einstige Motto „Blühe, wachse, staune" wurde vom ersten Elbenkönig, Rhiannon von Aelfstan, durch die Worte „Stolz sind wir, siegreich werden wir sein" ersetzt.

WAPPEN

Mondschwert

WAPPEN DES SCHLOSSES AELFSTAN

Goldene Rose auf grünem Grund (in Erinnerung an die einstige Burg von Averron)

HERRSCHER

Nimrund von Aelfstan

GÖTTER

***Anor,** der Gott der Sonne, und **Ithil**, die Göttin des Mondes. Diese beiden Gottheiten wachen über Tag und Nacht und somit über das gesamte Leben der Elben. Anor wird mit männlichen Eigenschaften – mit Krieg, Tatkraft und Vernunft – gleichgesetzt. Sein Licht zeigt den Elben den Weg, auf dem sie gehen sollen. Er wacht auch über die Verstorbenen, deren Körper im Feuer verbrannt werden, um ihren Seelen den Weg hinauf zur Sonne zu ebnen, wo sie sich schließlich mit Anor verbinden. Ithil hingegen wird mit weiblichen Eigenschaften gleichgesetzt – mit Fruchtbarkeit, Ruhe und Tiefgründigkeit. In den Träumen der Nacht offenbart*

Ithil wegweisende und prophetische Zeichen. So wie Anor über den Tod wacht, wacht Ithil über die Geburt eines jeden Elben.

Wichtigste Bräuche

Trauungen werden immer zur Dämmerung morgens oder abends durchgeführt, wenn Sonne und Mond gleichzeitig am Himmel stehen und damit beide Gottheiten zusehen können. Sollten Anor oder Ithil etwas gegen die Ehe einzuwenden haben, schicken sie ein Naturphänomen, das ihr Missfallen ausdrückt. Die schlimmstmögliche Variante ist dabei eine Sonnenfinsternis. Geweihte Priester werden „Söhne der Dämmerung" genannt. Sie leben entweder als Einsiedler oder als Wächter eines Tempels und sind an einer kleinen Tätowierung auf ihrer Stirn, direkt am Haaransatz, zu erkennen, welche Sonne und Mond symbolisiert. Nach der Eheschließung werden die Brautleute vom Priester an einen Holgurbaum gefesselt und müssen sich von selbst befreien, bevor sie das Ehebett miteinander teilen dürfen. Traditionell leistet diese Arbeit eher der Mann, während die Frau dabei nur hingebungsvoll zusieht und wartet, dass sie anschließend von ihm losgebunden wird. Wie aufwändig der Priester die Eheleute fesselt, bleibt ihm überlassen. Schafft es ein Paar nicht, sich im Laufe des nächsten Götterzyklus zu befreien, und teilt es das Bett nicht bis zur nächsten Dämmerung, so gilt die Ehe als nicht vollzogen und ist damit ungültig.

Eine besondere Ehre gilt den Prinzessinnen von Aelf-stan, denn ihre Hand wird traditionell nicht einfach versprochen. Stattdessen muss der Bewerber gegen einen vom Brautvater bestimmten Krieger um sie kämpfen. Je nachdem wie gewogen der König dem Bewerber ist, wird er dabei einen eher schwachen oder besonders starken Krieger auswählen.

Allgemein feiern Elben nicht viele Feste. Einzig der Tag der Entstehung Aelfstans wird jährlich mit einem großen Festessen begangen. In früheren Zeiten wurden dabei Lieder auf die Feen des Gebirges und Eliyah von Dorn-strang gesungen, welche gemeinsam für den Bau und den Schutz der Festung verantwortlich waren. Nach dem Zerwürfnis mit Eliyah von Dornstrang und dem Bruch mit den Feen wurde dieser Teil der Feier außer Acht gelassen.

Die Herren der Insel von Angor Favia gelten nicht nur als die geschicktesten Pferdezüchter von Albingard, sondern auch als abergläubisch. Will man wissen, ob Glück oder Unheil bevorsteht, lässt man dort zwei Pferde gegeneinander ein Rennen laufen. Gewinnt der Schimmel, so verheißt das Gutes, siegt jedoch der Rappe, so steht eine Niederlage bevor. Auch bei hohen Feier-lichkeiten und Hochzeiten werden vielfach Spaliere mit weißen Pferden eingesetzt, um Glück für das Brautpaar oder den Ausrichtenden der Feier zu erbitten.

WAFFEN

Elben kämpfen mit Mondschwertern. Sie sind das einzige Volk, das diese Waffen behände führen kann, denn die Klinge kämpft wie ein stählerner Freund an der Seite ihres Besitzers. Sie verbündet sich mit ihm, führt seine Hand und verleiht ihm im Kampf die Kraft von zwei Kriegern. Mondschwerter sind neben Drachenzähnen die einzigen Waffen, die die Haut von Dämonen durchdringen. Nicht-Elben können ein Mondschwert zwar führen, doch es verbündet sich nicht mit ihnen und liegt schwer in ihren Händen. Wer keine elbischen Ahnen aufweisen kann, tut daher besser daran, eine andere Waffe zu wählen. Mondschwerter werden von den Schmiedemeistern aus Narnuck traditionell nachts im Mondlicht angefertigt, aus dem Erz ihrer eigenen Stollen.

Im Zuge der Drachen- und Dämonenkriege gewannen außerdem Armbrüste und Drachenspeere an Bedeutung. Ihre Spitzen bestehen ebenfalls aus Mondstahl und haben eine enorme Durchschlagskraft, die selbst die Schuppenpanzer der Drachen durchdringt. Aus diesem Grund besteht ein Großteil der Streitkräfte des elbischen Heeres seither aus Bogenschützen und Speerwerfern.

Bräuche der Dämonen

WAHLSPRUCH

Das einstige Motto „Wir glänzen" wurde bereits durch Ramiro von Skyr neu formuliert und lautet nun „Augen des Todes".

WAPPEN

Zwei kreisrunde Punkte nebeneinander

HERRSCHER

Molgur von Skyr

GÖTTER

keine

WICHTIGSTE BRÄUCHE

Das Leben der Dämonen besteht vornehmlich aus Kämpfen und ausschweifenden Feierlichkeiten. Dabei gehen die einzelnen Mitglieder eines Clans äußerst rüde bis aggressiv miteinander um. Drachensklaven finden sogar regelmäßig den Tod. Hochzeiten, vor allem von adeligen Dämonen, münden zumeist in orgastische Feierlichkeiten, in deren Verlauf Schlägereien, Gefechte und Drachenkämpfe an der Tagesordnung sind. Gerne wird bei solchen Gelegenheiten auch das „Getnadi-Ritual" vollzogen. Hier gibt sich ein mit einem abgeschnittenen Drachenkopf geschmückter Tänzer als „Getnadi" – „Drache der Empfängnis" – aus und versucht, die anwesenden Dämonenfrauen zu berühren. Wem er seine Hand auflegt, der wird angeblich im kommenden Jahr schwanger werden. Dieser Brauch ist eine Verhöhnung der Tatsache, dass Dämonen um ein vielfaches fruchtbarer sind als Drachen.

Spiegel sind allgemein verhasst, vielerorts gelten sie sogar als Unglücksbringer. Ein Dämon, der seine eigene Hässlichkeit in einem Spiegel erblickt, wird der Legende nach dadurch geschwächt, was Probleme beim Drachenfang und bei deren Unterwerfung nach sich ziehen soll. Aus diesem Grund ließ bereits Ramiro von Skyr das ehemalige Kristallschloss Skyr mit dunklen Lederhäuten verkleiden, sodass alle Spiegel sowie glänzenden Mauerwerke verdeckt wurden und den Bewohnern der Anblick ihres eigenen Gesichtes erspart blieb.

WAFFEN

Dämonen kämpfen mit – zum Teil dreizackigen – Speeren oder Äxten. Ihre hauptsächliche Waffe allerdings ist ihr Blick. Rotäugige Dämonen können Drachen, Menschen und sogar andere Vertreter ihrer eigenen Rasse durch einen anhaltenden Blick töten. Dabei wird ein so starker Schmerz auf den Feind ausgeübt, dass dessen Seele aufgibt und ihren Körper freiwillig verlässt. Dies dauert, je nach der Stärke des Gegners, wenige Sekunden bis eine Minute lang. Es ist kein Fall bekannt, in dem ein Opfer – mit Ausnahme der Wächter – einen Blick aus roten Augen dauerhaft überlebt hat. Einige Hexer allerdings haben die Möglichkeit gefunden, elbische Magie-Essenzen in einem Trank zu bündeln und so einen zeitlich begrenzten Schutz gegen Dämonenblicke zu erzeugen.

Auch Dämonen mit schwarzen Augen kämpfen mit ihrem Blick; allerdings ist dieser nicht stark genug, um zu töten, und verursacht stattdessen lediglich Schmerzen. Zeitgleich mit der Entstehung der Wächter haben auch die Geburten von schwarzäugigen und schönen Dämonen immer mehr zugenommen – sehr zum Missfallen des Imperators Molgur von Skyr.

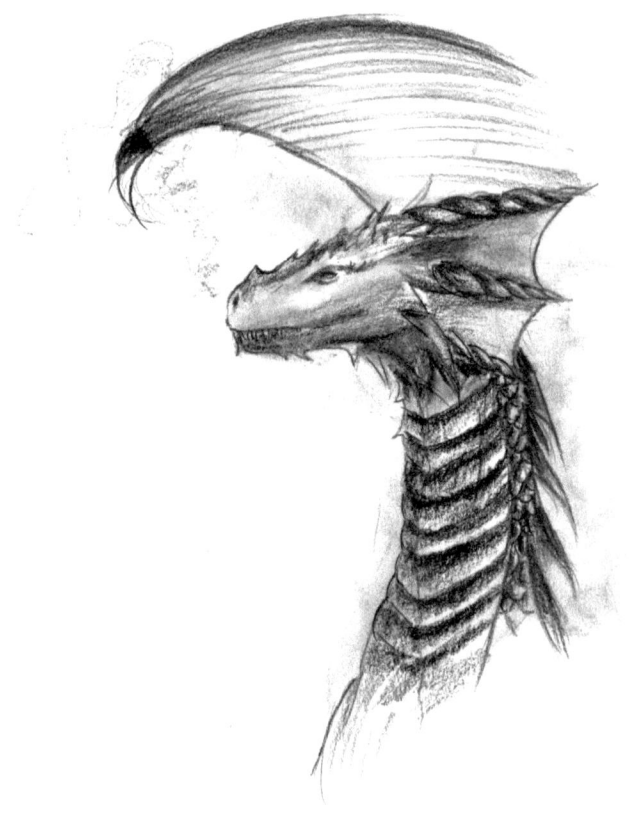

Bräuche der Drachen

WAHLSPRUCH

Ramiro von Skyr veränderte das ursprüngliche Motto der Drachen „Standhaft im Sturm" nach deren Unterwerfung in „Gebrochen. Geschlagen. Gezähmt.".

WAPPEN

Flammen

HERRSCHER

keiner

GÖTTER

*die vier Winde. Der **Südwind** gilt als sanfter, gefühlvoller Wind, der den Drachen stark zugetan ist, leider aber Kämpfe gegen andere Winde allzu schnell aufgibt. Der **Ostwind** wird als Wind der Freiheit angesehen. Wer auf ihm reitet, verspürt starke Glücksgefühle und träumt von Reisen in ferne Länder. Der **Westwind** ist ein leidenschaftlicher Wind. Er reißt an den Flügeln der Drachen, fordert sie heraus und bringt Unwetter und Stürme über das Land. Einige Drachen bleiben lieber am Boden, wenn der Wind von Westen weht. Der **Nordwind** schließlich gilt als heimtückisch und kalt. Er kommt gern ohne Vorwarnung, besiegt die anderen Winde und verseucht die Luft mit Tausenden von Eisnadeln. Die Drachen glauben, der Nordwind sei nur zu dem Zweck da, jedermann die Bedeutung der anderen drei Winde zu vermitteln. Erst das Schlechte mache es möglich, das Gute zu erkennen und zu schätzen. Daher verehren sie auch ihn.*

WICHTIGSTE BRÄUCHE

Bei Hochzeiten ehren die Brautleute ihre Götter, indem sie ihnen zu Ehren vier Feuerschalen aufstellen und sie einladen, diese anzufachen. Dabei stellen sich die Eheleute zu beiden Seiten der Schalen auf, reichen sich durch das Feuer hindurch die Hände und geben sich ihr persönliches Eheversprechen. Dies geschieht insgesamt viermal, jeweils einmal an jeder Feuerschale. Die beschleunigte Selbstheilungskraft der Drachen sorgt anschließend dafür, dass ihre Brandwunden sich wieder schließen, bevor sie das Ehebett miteinander teilen.

Um miteinander als Mann und Frau zusammen zu sein, müssen Drachen nicht unbedingt heiraten. Auch ohne sich auf Lebenszeit zu binden ist eine zeitweilige oder kurzfristige sexuelle Verbindung möglich und wird von Familie und Umfeld akzeptiert.

Trotz ihrer freizügigen Lebensweise sind Drachen nicht besonders fruchtbar. Die meisten Frauen gebären nur zwei- oder dreimal in ihrem Leben. Durch die anhaltende Kriegsführung der Dämonen und zahlreiche Exekutionen von meuternden oder nicht gänzlich gezähmten Drachen, hat dies im Laufe des zweiten Zeitalters dazu geführt, dass deren Volk immer kleiner wurde.

Im Regelfall werden Kinder von ihren Müttern als Menschen geboren, da diese den Hauptteil ihres Lebens ebenfalls in Menschengestalt verbringen. Erst mit dem Verständnis der Sprache und der Entwicklung des Bewusstseins, im Alter von drei oder vier Jahren, schaf-

fen es die Kinder ihre Gestalt zu wandeln und erlernen das Fliegen und das Feuerspeien. Ihren ersten Flug von einem Berg zum anderen feiert die Familie mit dem gesamten Dorf bei einem fröhlichen Fest. Das betreffende Kind hat die Ehre, nach seinem Flug einen großen Holzstapel zu befeuern, der anschließend als Tanz- und Lagerfeuer dient. Meist werden dazu Bergziegen oder Fasane am Spieß geröstet und Lieder gesungen.

Einige wenige Drachen nehmen nur selten oder nie ihre Menschengestalt an. Diese leben meist als Einsiedler oder allein mit ihrem Partner in den unzugänglichen Teilen der Sturmberge. Sie ziehen sich eher zurück, nehmen kaum Kontakt zu ihren menschlichen Artgenossen auf, obwohl sie deren Sprache verstehen. Ihr Wille gilt als stärker als der des restlichen Volkes.

Solche Drachen gebären ihre Kinder nicht auf die herkömmliche Art, sondern legen sie als Ei in ein Nest aus Tierfellen und brüten es aus. In der Regel übernehmen die Kinder die Gewohnheiten der Eltern und erlernen ebenfalls nie die Gestaltwandlung.

WAFFEN
Feuer

74

Das Volk der Feen

DIE GESCHICHTE DER FEEN

Lange bevor die Menschen nach Enyador kamen, war es bereits die Heimat der Feen. Ihr Volk bewohnte vor allem die Gebirgsregionen des heutigen Albingard. Sie besiedelten Höhlen, Felsspalten und Schluchten, insbesondere an unzugänglichen Stellen. Durch ihre Fähigkeit sich äußerlich an ihre Umgebung anzupassen, werden sie nur selten gesehen.

Feen besitzen von Natur aus eine starke Magie, die in ihren Grundsätzen derjenigen der Menschen ähnlich ist. Sie ernähren sich nicht von üblichen Nahrungsmitteln, sondern beziehen ihre Energien direkt aus der Umgebung. So tragen sie zum natürlichen Gleichgewicht der Tiere und Pflanzen bei, indem sie überschüssige Energien entziehen und sie an geeigneter Stelle anderen Lebensformen zuteilwerden lassen. Dadurch nehmen weder einzelne Tier- noch Pflanzenarten überhand. Auch Irrlichter und Schattenwesen können so von ihnen kontrolliert werden. Vor der Ankunft der Menschen im ersten Zeitalter lebten die Feen im Einklang mit der Natur und einander. Die Besiedelung ihres Landes durch eine neue Rasse akzeptierten sie als von der Natur gewollt und bezogen die Menschen in die natürlichen Abläufe Enyadors mit ein. So erschufen sie beispielsweise die Quelle Reodril, deren Wasser für mehrere Stunden unempfindlich gegen die Verführung der Irrlichter macht. Außerdem ließen sie den Fluss Iblis entspringen, der vom Feengebirge aus in nördlicher und westlicher Richtung zum Meer fließt und die Menschen mit seinen Fischen ernährt.

Eines Tages jedoch stellten die Feen aus bislang unbekannten Gründen Forderungen an die Herren von Averron, im Gegenzug für ihren weiteren Schutz. Der Überlieferung zufolge wurde damals ein Pakt geschlossen, der die friedliche Koexistenz der beiden Völker nebeneinander gewährleisten sollte. Demzufolge musste alle hundert Jahre ein Kind von königlichem Blut an die Feen übergeben werden und niemand wusste, was mit diesem geschah. Aus Angst vor der Magie der Feen hielten sich jedoch alle Könige des Westens an die Abmachung.

Der Pakt drohte jedoch am Untergang des Hauses von Averron im zweiten Zeitalter zu scheitern, was die Feen dazu veranlasste, erstmalig in den Krieg der Menschen einzugreifen und das Schloss Aelfstan als Festung und Herrschaftssitz zu erschaffen.

AUSSEHEN

Feen sind kleiner und zierlicher als Menschen, entsprechen ansonsten aber weitgehend deren Gestalt. Ihre Haut ist hell, an vielen Stellen schuppig und mit Dornen versehen, wie der Panzer einer natürlichen Rüstung. Ihr Haar leuchtet von Fee zu Fee in einem anderen Farbton. Dieselbe Farbe hat auch die Innenfläche ihrer Hände, umso strahlender je mehr Magie und Heilkraft in ihr steckt. Möchte eine Fee nicht gesehen werden, so passt sie all ihre Farben an die jeweilige Umgebung an und verschmilzt so mit dem Wald oder den Bergen.

LEGENDE

Der Legende zufolge sollen die Feen im Laufe des ersten Zeitalters bei Grabungen in einer ihrer Höhlen einen roten Amethyst gefunden haben. Dies ist jedoch nicht eindeutig belegt. Die Erschaffung des Schlosses Aelfstan jedoch, die allein mit üblichen magischen Kräften nicht möglich gewesen wäre, spricht dafür, dass jener Amethyst mindestens einmal genutzt worden ist. Kein Auge hat ihn jedoch je erblickt.

DAS OPFER DER LEYNA VON AELFSTAN

Der Elbenkönig Nimrund setzte zu Beginn seiner Herrschaft besonderes Augenmerk auf seine Beziehung zu den Feen, da er wusste, dass nunmehr fast 100 Jahre seit der Opferung des letztes Kindes von königlichem Blut vergangen waren. So ließ er ihnen regelmäßig Geschenke in Form von Edelsteinen und vergoldeten Rosen zukommen. Als Zeichen ihres Danks schenkten die Feen seinem Erstgeborenen, Berian von Aelfstan, eine Gabe. In jeder Nacht, in der das Sternbild des Zentauren über ihm am Himmel stand, sollte er unempfindlich gegenüber Schmerzen sein. Dies ist zweimal innerhalb jedes Mondes der Fall. Einige Jahre später wurde Nimrund ein Zwillingspaar geboren – die Geschwister Isora und Istariel von Aelfstan. Auch zu deren Geburt erschienen die Feen des Gebirges und überreichten Isora, die als erste den Mutterschoß verlassen hatte, eine Gabe: Immer wenn der Mond am Himmel stand, sollten ihre Haare leuchten wie die der Feen und sie sollte heilen können wie eine von ihnen. Istariel jedoch forderten sie als Tribut für ihren Schutz, ganz wie der Pakt zwischen Feen und Elben, der vor 100 Jahren das letzte Mal besiegelt worden war, es vorsah. Nimrund willigte in die Forderung ein und versprach den Feen, den Knaben noch in derselben Nacht zu einem vereinbarten Treffpunkt im Gebirge zu bringen. Königin Leyna jedoch – die vielleicht erste Elbenfrau, die die Veranlagung zum Wächter in sich trug – wollte ihr Kind nicht aufgeben. Des Nachts ging sie also hinaus in den Wald. Dabei trug sie zum Schein ein aus mehreren Lumpen bestehendes Bündel auf ihrem Arm. Istariel selbst ließ sie bei Isora und ihrer Amme zurück. So traf sie schließlich auf die Königin der Feen und bat diese, ihr Kind zu verschonen und stattdessen sie selbst als Opfergabe anzunehmen. Die oberste Fee zeigte sich beeindruckt vom Mut der liebenden Elbenfrau und willigte ein. Auf diese Weise verloren die Zwillinge ihre Mutter und Istariel von Aelfstan blieb verschont. Doch obgleich niemand ihm jemals die Wahrheit über seine Mutter erzählte, spürte er dennoch zeitlebens die unermessliche Schuld, die auf seinen Schultern lag.

Seit diesem Vorfall gab es keinerlei Kontakt mehr zwischen den Feen des Gebirges und den Bewohnern des Schlosses Aelfstan.

Pflanzen und Tiere in Enyador

WESEN DES SCHATTENWALDES

Im zweiten Zeitalter erschuf Beltain der Mächtige den Schattenwald und seine Kreaturen. Dies sind die mächtigsten unter ihnen.

HARPYIEN

Eine Harpyie hat den Körper eines Vogels, jedoch Kopf, Hals und Brust einer Frau. Sie ist annähernd so groß wie ein Mensch. Ihre Opfer tötet sie durch Zerreißen und Aufschlitzen mit ihren Klauen und Reißzähnen. Harpyien sind grausam und mit sehr einfachem Denkvermögen ausgestattet. Sie töten jedes Wesen, das durch den Schattenwald geht, mit Ausnahme ihres Bezwingers und seinen Schutzbefohlenen. Beltain schuf ihre Rasse als rein weiblich. Dennoch sind die Harpyien in der Lage, Eier zu legen und Brut aufzuziehen. Dies ist einmalig unter allen Geschöpfen Enyadors.

GEISTERWÖLFE

Geisterwölfe haben rein-weißes Fell und opalfarbene Augen, die ihrem Erscheinungsbild einen gespenstischen Anblick verleihen, was auch zu ihrer Namensgebung beigetragen hat. Sie sind um ein Vielfaches größer als normale Wölfe, wie sie in den Gebirgsregionen Enyadors sonst vorkommen. Ihre Reißzähne sind messerscharf und die Geschwindigkeit, mit der sie ihre Opfer überfallen, ist unübertroffen. Allerdings reicht bereits ein kleiner Rest von Magie in einem Hexer, um sie zu beeindrucken und zur Unterwerfung zu veranlassen.

WYVERN

Wyvern ähneln in ihrem Erscheinungsbild den Drachen, sind aber kleiner und haben nur zwei Beine. An ihren Flügeln befinden sich klauenartige Fortsätze, auf denen sie sich fortbewegen oder mit denen sie zugreifen können. Ähnlich wie bei den Harpyien ist ihr Verstand nicht sonderlich ausgeprägt. Das Gift ihrer Reißzähne tötet Menschen, Elben und Drachen innerhalb von Sekunden – selbst bei bloßem Hautkontakt damit. Dämonen können ihm länger standhalten. Wyvern bewegen sich in der Luft äußerst leise, was ihnen den Ruf der lautlosen Jäger eingebracht hat. Zusammen mit ihrem Gift macht diese Eigenschaft sie zu den gefährlichsten Kreaturen des Schattenwalds.

IRRLICHTER

Sie sind auch bekannt als der „glimmende Tod". Äußerlich sehen Irrlichter wie kleine, tanzende Flämmchen aus. Sie töten ihr Opfer, indem sie es mit ihrem verführerischen Singsang in Abgründe oder Moore locken. Ihr Gesang verfolgt dabei den Zweck, das Opfer in einer trügerischen Hingabe zu wähnen; selbst der eigene Tod scheint nicht mehr von Bedeutung zu sein. Irrlichter können Wesen aller Völker verführen; Elben und Dämonen sind jedoch weniger empfänglich für ihre Reize als Menschen und Drachen. Insbesondere Eliyah von Dornstrang wird eine besondere Anfälligkeit für diese Kreaturen nachgesagt. Der größte Feind der Irrlichter ist das Wasser, welches ihre Flamme zum Erlöschen bringt. Bei Regen ziehen sie sich daher in Schlupflöcher zurück und Wanderer sind vor ihnen sicher. Die Quelle Reodril im Feengebirge wurde von den Feen Enyadors geschaffen und führt ein Wasser, das demjenigen, der davon trinkt, für einige Stunden Widerstandsfähigkeit gegen Irrlichter garantiert.

ZIEGEN

Ziegen sind in der Regel normale Haustiere, die vor allem von den Bewohnern der Menschenlande gehalten werden. Sie werden dort vorwiegend zur Produktion von Milch und Käse genutzt, dienen aber in harten Wintern auch als Nahrungsmittel. In den Bergen von Dragonia leben ihre wilden Verwandten, die nicht selten an einem Spieß über einem Lagerfeuer der Drachen enden. Auch Elben und Dämonen halten Ziegen als Fleischlieferanten. Da sie seit Beginn des ersten Zeitalters am unteren Ende der Nahrungskette Enyadors stehen, verliehen die Feen einigen Ziegen die Fähigkeit, Unglücke vorauszuahnen und sich rechtzeitig in Sicherheit zu bringen. So sollte der Fortbestand der Art gewährleistet werden. Zudem kommen alle Ziegen mit der Eigenschaft zur Welt, sich überall im Land zurechtzufinden, fast so, als befände sich eine detaillierte Karte Enyadors in ihrem Kopf. Sie werden daher gelegentlich als Fährtensucher und Wegweiser genutzt; dies setzt jedoch voraus, dass ein starkes persönliches Band zu dem Tier besteht. Aus nicht näher bekannten Gründen verbünden sich Ziegen sehr gerne mit Hexern, jedoch nur mit solchen, die gänzlich von weißer Magie erfüllt sind.

Pflanzen und Bäume

Die Pflanzenwelt Enyadors ist geprägt von unterschiedlichsten Arten, die je nach Lage mehr oder weniger häufig in bestimmten Landstrichen auftauchen. Die fruchtbarste Gegend ist das Menschenland im Süden, doch auch in den vulkanischen Gebieten Dragonias, in den Flusslanden von Albingard und an den Ausläufern des Iblis im nördlichen Daemonia gedeihen zahlreiche Wild- und Kulturpflanzen mit zum Teil religiöser oder heilender Bedeutung.

Holgurbäume

Hierbei handelt es sich um die einzige Art von Bäumen, die über ganz Enyador verteilt gleich häufig gedeiht. Ihr Wurzelwerk greift sowohl in karger Gebirgserde als auch in Sumpflandschaften, indem es sich an den jeweiligen Untergrund anpasst. Selbst in der Steppe von Daemonia wachsen Holgurbäume mit Wurzeln, die bis an den Grundwasserspiegel heranreichen. Diese außergewöhnliche Anpassungsgabe hat dazu geführt, dass das Volk der Elben die Bäume als heilig erklärt hat. Unter dem Schirm ihrer handtellergroßen, türkisen Blätter werden Hochzeiten geschlossen und Bündnisse besiegelt. Niemals darf Blut über sie vergossen werden. Holgurbäume gelten als Bindeglied zwischen Elben und Göttern, zwischen Erde und Himmel sowie zwischen Tag und Nacht. Mond- und Sonnenlicht, das durch ihre Zweige dringt, wird als heilsam und reinigend angesehen.

Wolfsstängel

Mannshohe Pflanze, ähnlich Schilf, mit besonders großen Blättern und dicht aneinander wachsenden Stielen. Ihre Blätter werden von Reisenden gern als behelfsmäßige Teller genutzt, um Nahrung darauf zu reichen. Aus den äußerst biegsamen Stielen werden vielerorts Körbe und Käfige geflochten. Diese sind außerordentlich strapazierfähig. Selbst Wölfe können darin gefangen gehalten werden, was der Pflanze zu ihrem Namen verholfen hat.

Frauenmantel

Heilpflanze mit Blättern in der Form eines wehenden Mantels, die vorwiegend bei Frauenleiden aller Art zum Einsatz kommt. Der Tau, der sich am Morgen in den Blättern sammelt, gilt bei den Menschen als Geschenk der Fruchtbarkeitsgöttin Meylin und soll gegen Unfruchtbarkeit helfen.

Sumpfkraut

Pflanze mit bewusstseinserweiternder Wirkung. Sie wächst in Sumpflandschaften und Mooren und wird von Vertretern aller Völker benutzt, um sich zu berauschen. Ihre Wirkung ist außerdem schmerzlindernd. In der Regel wird Sumpfkraut in frischem oder getrocknetem Zustand geraucht. So mancher Liebhaber der Pflanze ist bereits auf der Suche nach ihr im Moor versunken oder im Rausch von seinen Feinden erstochen worden.

Die Prophezeiung
der Wächter

In seltenen Fällen widerfahren Hexern Visionen, deren Herkunft sie der Schicksalsgöttin Tyche zuschreiben. Um eine solche Vision zu empfangen, muss der Hexer sich in einem Zustand geistiger Entrückung befinden. So soll Eliyah von Dornstrang seinen Teil der Prophezeiung unter dem Einfluss von Sumpfkraut hervorgebracht und mit seinem eigenen Blut an die Wand geschrieben haben. Toralf aus Fronstein sprach die Worte seiner Prophezeiung im Fieber und Gawain „der Hasenfuß" – dessen Beiname aufgrund seiner Angst vor den Minen von Elabar entstand – betäubte sich mit einer Wyverngift-Mischung und diktierte seinen Teil anschließend einem befreundeten Dämon. Anjey „die Glatte" wurde durch einen Unfall mit ihrem grünen Amethyst ihrer irdischen Sinne beraubt. Als einzige der vier betroffenen Hexer konnte sie sich nach dem Erwachen aus diesem Zustand noch an die Worte der Prophezeiung erinnern. In ihrem Fall schloss sich das Tor zur übersinnlichen Welt niemals ganz, was sie als Medium besonderer Stärke, aber auch als Trägerin dunkler Magie-Essenzen auswies.

Beltain der Mächtige hatte bis zum Beginn des Zeitalters der Wächter keine Kunde von der Prophezeiung erhalten. Einzig das Geschwätz Toralfs war über die Sturmberge hinweg an sein Ohr gedrungen, doch aufgrund der zahlreichen

Lügengeschichten, die der Zunge dieses Hexers bereits entsprungen waren, hatte Beltain den Gerüchten keine Bedeutung beigemessen.

Der Wortlaut der Prophezeiung, wie bisher bekannt, lautet:

Menschen sind feige, doch ihr Wächter nicht.
Drachen sind beugsam, doch ihr Wächter nicht.
Elben sind kalt, doch ihr Wächter nicht.
Dämonen sind hässlich, doch ihr Wächter nicht.

Todfeinde werden einander zeichnen.
Und die Gezeichneten werden Wächter sein.
Denn die Wächter werden über die Lande herrschen.
Dämon, Drache, Mensch und Elb, vereint im Blute der
Wahrhaftigkeit.

An ihrer Seite zwei Magier, beide vom selben Klang.
Unter ihnen die Wesen des Schattenwalds.
Über ihnen die Herren des Feuers.
So bricht die Zeit der Wächter an.

Sie bringen die Magie zurück und sie einen das Reich.
Doch eine uralte Frage entzweit sie zugleich.

Es wird vermutet, dass Anjey nicht alles preisgegeben hat, was sie weiß.